AF533216

Ljudmila Ulitzkaja

Ein glücklicher Zufall

LJUDMILA ULITZKAJA

EIN GLÜCKLICHER ZUFALL

und andere Geschichten

Aus dem Russischen von
Ganna-Maria Braungardt

Mit Bildern von
Hildegard Müller

dtv

Inhalt

Ein Papiersieg

Als die Sonne den schwarzen körnigen Schnee geschmolzen hatte, das schmutzige Schmelzwasser die im Winter angesammelten Abfälle menschlichen Hausens hochspülte – Lumpen, Knochen, zerbrochenes Glas – und eine Unmenge Gerüche in der Luft lagen, wobei der feuchte, süße Geruch nach Frühjahrserde alle anderen überlagerte, kam Genja Pirapletschikow hinaus auf den Hof.

Sein Name war so albern, dass er ihn, seit er schreiben konnte, als Demütigung empfand.

Zudem hatte er von Geburt an etwas mit den Beinen, deshalb hüpfte er beim Laufen eigenartig.

Außerdem war seine Nase ständig verstopft, und er atmete durch den Mund. Davon wurden die Lippen trocken, und er musste sie häufig ablecken.

Obendrein hatte er keinen Vater. Zwar hatte die Hälfte aller Kinder keinen Vater. Aber im Gegensatz zu den anderen konnte Genja nicht sagen, sein Vater sei im Krieg gefallen – er hatte nie einen Vater gehabt. Das alles zusammen machte Genja sehr unglücklich.

Er kam also hinaus auf den Hof, gerade halbwegs genesen von seinen Winter- und Frühjahrskrankheiten, eine wollene Skimütze auf dem Kopf, darunter ein Tuch und einen langen grünen Schal um den Hals gewickelt.

In der Sonne war es unglaublich warm, die kleinen Mädchen hatten die Strümpfe gelöst und sie zu dicken Würsten fest um die Waden geschlungen. Die Alte aus Wohnung sieben hatte mithilfe ihrer Enkelin einen Stuhl unters Fenster geschleppt und saß nun darauf, das Gesicht der Sonne zugewandt. Die Luft, die Erde – alles war lebensprall und strotzte vor Kraft, besonders die kahlen Bäume, aus denen jeden Moment freudig kleine Blätter sprießen würden.

Genja stand mitten auf dem Hof und lauschte überwältigt dem himmlischen Lärm; eine dicke Katze setzte zaghaft die Pfoten auf die nasse Erde und überquerte schräg den Hof.

Der erste Erdklumpen fiel genau in die Mitte zwischen den Jungen und die Katze. Die Katze machte einen Buckel und sprang zurück. Genja zuckte zusammen – Dreckspritzer klatschten ihm schwer ins Gesicht. Der zweite Klumpen traf seinen Rücken, den dritten wartete er gar nicht erst ab, sondern lief hüpfend zu seiner Tür. Ein dilettantischer Spottvers folgte ihm wie ein klingender Speer: »Genja Hinkebein, zieh den Schnodder rein!«

Er drehte sich um. Kolja Kljukwin warf die Dreckklumpen, die Mädchen riefen, und hinter ihnen stand derjenige, für den sie sich alle so bemühten, der Feind eines jeden, der nicht zu seinem Gefolge gehörte: der gewitzte, furchtlose Shenka Aityr.

Genja rannte zu seiner Tür – seine Großmutter

kam gerade die Treppe herunter, eine winzige Oma, auf dem Kopf einen braunen Hut mit immergrünen und immerblauen Blumen überm Ohr. Sie wollte im Park spazieren gehen. Ein schäbiger toter Fuchs mit funkelnden Bernsteinaugen lag flach auf ihren Schultern.

Am Abend, als Genja hinter dem grünen Wandschirm im Schlaf schnarchte, saßen seine Mutter und seine Großmutter lange am Tisch.

»Warum? Warum kränken sie ihn dauernd?«, fragte die Großmutter schließlich in lautem Flüsterton.

»Ich finde, wir sollten sie einladen, zu Genjas Geburtstag«, antwortete die Mutter.

»Bist du verrückt«, sagte die Großmutter erschrocken, »das sind doch keine Kinder, das sind doch Banditen.«

»Ich sehe keinen anderen Ausweg«, erwiderte die Mutter mürrisch. »Wir müssen einen Kuchen backen, etwas zu essen machen und überhaupt einen richtigen Kindergeburtstag ausrichten.«

»Das sind Barbaren und Banditen. Die schleppen uns den ganzen Hausrat weg«, sträubte sich die Großmutter.

»Sag bloß, du hast was zum Stehlen?«, fragte die Mutter kalt. Die Alte schwieg.

»Deine alten Schuhe will keiner haben.«

»Ach was, die Schuhe!« Die Großmutter seufzte schwer. »Der Junge tut mir leid.«

Zwei Wochen vergingen. Ein sanfter, lauer Frühling brach an. Der Matsch trocknete. Stachliges Gras überwucherte den Hof, und obgleich die Bewohner sich redlich bemühten, ihn wieder zu verschmutzen – er blieb sauber und grün.

Die Kinder spielten von früh bis spät Räuber und Gendarm. Die Zäune waren übersät mit Kreide- und Kohlepfeilen – den Zeichen der fliehenden Räuber.

Genja ging bereits seit zwei Wochen in die Schule. Mutter und Großmutter wechselten Blicke. Die abergläubische Großmutter spuckte sich über die Schulter – zur Sicherheit: Normalerweise dauerten die Pausen zwischen zwei Krankheiten nie länger als zwei Wochen.

Morgens brachte die Großmutter ihren Enkel zur Schule; nach dem Unterricht wartete sie in der Vorhalle auf ihn, band ihm den grünen Schal um, nahm ihn an die Hand und brachte ihn nach Hause.

Am Tag vor seinem Geburtstag sagte die Mutter zu Genja, dieses Jahr würden sie richtig feiern.

»Lad aus deiner Klasse ein, wen du willst, und vom Hof«, schlug sie vor.

»Ich will niemanden. Bitte nicht, Mama«, bat Genja.

»Es muss sein«, antwortete die Mutter knapp, und ihre bebenden Augenbrauen verrieten ihm, dass er nicht darum herumkommen würde.

Am Abend ging die Mutter hinunter auf den Hof und lud die Kinder für den nächsten Tag ein. Alle zusammen, ohne Unterschied, nur Shenka Aityr sprach sie einzeln an: »Und du komm auch, Shenka.«

Er sah sie mit so kalten und erwachsenen Augen an, dass sie verlegen wurde.

»Warum nicht? Ich komme«, antwortete Shenka gelassen.

Und die Mutter ging Kuchenteig ansetzen.

Genja sah sich wehmütig im Zimmer um. Am meisten Sorge bereitete ihm das glänzende schwarze Klavier – so etwas besaß bestimmt niemand sonst. Der Bücherschrank und die Noten auf dem Regal – das war ja noch verzeihlich. Aber Beethoven, diese schreckliche schwarze Beethoven-Maske! Ganz bestimmt würde irgendjemand giftig fragen: »Ist das dein Großvater? Oder dein Papa?«

Genja bat Großmutter, die Maske wegzuräumen. Großmutter war erstaunt.

»Was stört dich auf einmal daran? Die hat Mama von ihrer Lehrerin geschenkt bekommen.«

Und Großmutter erzählte zum wiederholten Mal die Geschichte, was für eine begabte Pianistin Mama war und dass sie, wenn der Krieg nicht gewesen wäre, das Konservatorium absolviert hätte …

Kurz vor vier standen eine große Suppenschüssel mit Kartoffelsalat, geröstetes Brot mit Hering und Piroggen mit Reis auf dem ausgezogenen Tisch.

Genja saß am Fenster, mit dem Rücken zum Tisch, und versuchte nicht daran zu denken, dass gleich seine lauten, fröhlichen und unversöhnlichen Feinde hier eindringen würden … Er schien ganz versunken in seine Lieblingsbeschäftigung – er faltete aus Zeitungspapier ein Segelschiffchen.

Er war ein großer Meister dieser Papierkunst. Tausende Tage seines Lebens hatte Genja im Bett verbracht. Herbstkatarrhe, Winteranginen und Frühjahrserkältungen ertrug er geduldig, indem er in Papierblätter Ecken faltete und Knicke glättete, neben sich stets ein bläulich graues Buch mit einer eingeprägten Giraffe auf dem Einband. Es hieß »Die heitere Stunde«. Verfasst hatte es ein Weiser, ein Zauberer, der beste Mensch auf der Welt – ein gewisser M. Gerschenson. Er war ein großer Lehrer, doch Genja war auch ein großer Schüler: Er war unglaublich begabt für dieses Papierspiel und hatte schon vieles gebastelt, das Gerschenson sich nicht hätte träumen lassen.

Genja drehte das halb fertige Schiffchen in den Händen und erwartete voller Grauen das Eintreffen der Gäste. Sie kamen Punkt vier, der ganze Haufen. Die semmelblonden Schwestern, die jüngsten Gäste, überreichten ihm einen großen

Strauß Butterblumen. Die anderen kamen ohne Geschenke. Alle setzten sich brav an den Tisch, die Mutter goss selbst gemachten Sprudel mit braunen Kirschen ein und sagte: »Trinken wir auf Genja, schließlich hat er heute Geburtstag.«

Alle griffen nach ihrem Glas und stießen an, die Mutter zog ihren Drehhocker hervor, setzte sich ans Klavier und spielte den »Türkischen Marsch«. Die Schwestern schauten wie gebannt auf ihre Hände, die über die Tasten schwebten. Die jüngere machte ein erschrockenes Gesicht, als wolle sie jeden Augenblick anfangen zu weinen.

Shenka aß unbeeindruckt Kartoffelsalat und eine Pirogge, und Großmutter umsorgte jeden Gast genauso wie sonst immer Genja.

Die Mutter spielte Schubert-Lieder. Ein unglaubliches Bild: zwölf schlecht gekleidete, aber sauber gewaschene und ordentlich gekämmte Kinder, die in völligem Schweigen die Geburtstagsspeisen verzehrten, und eine hagere Frau, die leicht dahineilende Töne aus den Tasten schlug.

Das Geburtstagskind saß mit schweißnassen Händen da und starrte auf seinen Teller. Die Musik war zu Ende, zum offenen Fenster hinausgeflogen, nur ein paar Basstöne schwebten noch unter der Decke, bevor sie den anderen folgten.

»Genja«, sagte die Großmutter plötzlich mit süßer Stimme, »willst du nicht auch etwas spielen?«

Die Mutter warf der Großmutter einen alarmierten Blick zu. Genja wäre beinahe das Herz stehen geblieben: Sie hassten ihn wegen seines albernen Familiennamens, wegen seines hüpfenden Ganges, wegen seines langen Schals und wegen der Großmutter, die mit ihm spazieren ging. Und nun sollte er vor ihnen Klavier spielen!

Die Mutter sah, dass er ganz bleich geworden war, ahnte warum und rettete ihn.

»Ein andermal. Genja spielt ein andermal.«

Die muntere Valka Bobrowa fragte ungläubig und beinah bewundernd: »Kann er das denn?«

Die Mutter brachte den Kuchen herein. Tee wurde eingegossen. In einer runden Schale lagen

Konfekt und Bonbons, was immer man wollte: Drops, Karamellbonbons, eingewickelte Pralinen. Kolja mampfte ohne jede Scheu, steckte sich sogar noch welche in die Tasche. Die Schwestern lutschten saure Drops und überlegten dabei, welchen sie als Nächstes nehmen sollten. Valka strich auf ihrem spitzen Knie Silberpapier glatt. Shenka schaute sich ungeniert im Zimmer um. Seine Augen huschten hierhin und dorthin, schließlich zeigte er auf die Maske und fragte: »Tante Mussja! Wer ist denn das? Puschkin?«

Die Mutter lächelte und antwortete freundlich: »Das ist Beethoven. Ein deutscher Komponist. Er war taub, aber er hat trotzdem großartige Musik komponiert.«

»Ein Deutscher?«, fragte Shenka wachsam.

Die Mutter beeilte sich, Beethoven von jedem Verdacht freizusprechen.

»Er ist schon lange tot. Er hat vor über hundert Jahren gelebt. Lange vor dem Faschismus.«

Die Großmutter setzte schon an zu erzählen,

dass Tante Mussja die Maske von ihrer Lehrerin geschenkt bekommen hatte, doch die Mutter bedachte sie mit einem strengen Blick, und sie verstummte.

»Soll ich euch was von Beethoven vorspielen?«, fragte die Mutter.

»Bitte«, sagte Shenka, und die Mutter zog erneut den Hocker hervor, drehte ihn zum Klavier und spielte Genjas Lieblingsstück vom Murmeltier, das ihm aus irgendeinem Grund immer leidtat.

Alle saßen ganz still, ohne das geringste Anzeichen von Ungeduld, obwohl Bonbons und Konfekt längst alle waren. Die entsetzliche Spannung, unter der Genja die ganze Zeit gestanden hatte, ließ nach, und zum ersten Mal verspürte er eine Art Stolz: Seine Mama spielte Beethoven, und niemand lachte, alle hörten ihr zu und schauten auf ihre starken, über die Tasten eilenden Hände. Dann brach die Mutter ab.

»So, genug Musik. Lasst uns etwas spielen. Was spielt ihr denn gern?«

»Karten vielleicht«, sagte Kolja ohne jeden Hintergedanken.

»Machen wir doch ein Pfänderspiel«, schlug die Mutter vor.

Niemand wusste, was das ist. Shenka stand am Fenster und drehte das halb fertige Papierschiffchen in den Händen. Die Mutter erklärte, wie ein Pfänderspiel ging, aber niemand hatte ein Pfand. Lilja, ein Mädchen mit kompliziert geflochtenen Zöpfen, trug immer einen Kamm in der Tasche, mochte ihn aber nicht hergeben – wenn er nun wegkam? Shenka legte das Schiffchen auf den Tisch und sagte: »Das ist mein Pfand.«

Genja nahm das Schiffchen und faltete es mit ein paar Handgriffen fertig.

»Genja, mach den Mädchen auch Pfänder«, bat die Mutter und legte eine Zeitung und zwei Bogen festes Papier auf den Tisch. Genja nahm ein Blatt, überlegte einen Augenblick, faltete das Papier längs …

Die kahl geschorenen Köpfe der Jungen und die Mädchenköpfe mit den fest geflochtenen Zöpfen beugten sich über den Tisch. Ein Boot, ein Schiffchen, ein Segelschiffchen, ein Becher, ein Salzfass, ein Brotkorb, ein Hemd …

Kaum hatte Genja ein Stück fertig, rissen sie es ihm aus der Hand.

»Für mich auch, mach mir auch was!«

»Du hast doch schon was! Jetzt bin ich dran!«

»Für mich bitte einen Becher, Genja!«

»Ein Männeken, Genja, mach mir ein Männeken!«

Das Pfänderspiel war vergessen. Genja faltete, glättete, faltete erneut, bog Ecken um. Ein Mensch, ein Hemd, ein Hund …

Sie streckten ihm die Hände entgegen, er verteilte die billigen Papierwunder, und alle lächelten, alle bedankten sich bei ihm. Einmal griff er zum Taschentuch und putzte sich die Nase – und niemand bemerkte es, nicht einmal er selbst.

Ein solches Gefühl hatte er bislang nur im Traum erlebt. Er war glücklich. Er spürte keine Angst, keine Ablehnung, keine Feindseligkeit. Er war kein bisschen schlechter als sie. Mehr noch: Sie bewunderten sein läppisches Talent, dem er selbst keinerlei Bedeutung beimaß. Zum ersten Mal nahm er ihre Gesichter wahr: Sie waren nicht böse. Sie waren überhaupt nicht böse.

Shenka drehte und wendete auf dem Fensterbrett ein Blatt Zeitungspapier, er hatte das Schiffchen auseinandergefaltet und versuchte es wieder neu zusammenzufalten, und als er es nicht schaffte, ging er zu Genja, fasste ihn an der Schulter und bat ihn, wobei er ihn zum ersten Mal im Leben mit seinem Namen ansprach: »Guck mal, Genja, wie geht's jetzt weiter?«

Die Mutter spülte Geschirr, lächelte und ließ Tränen in die Seifenlauge fallen.

Der glückliche Junge verteilte Papierspielzeug.

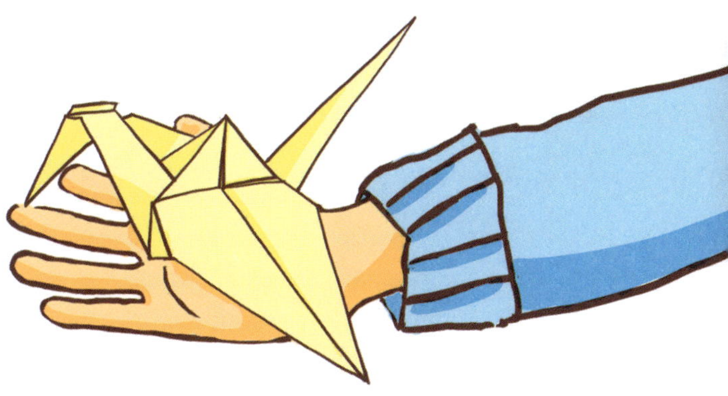

Der Flüster-Opa

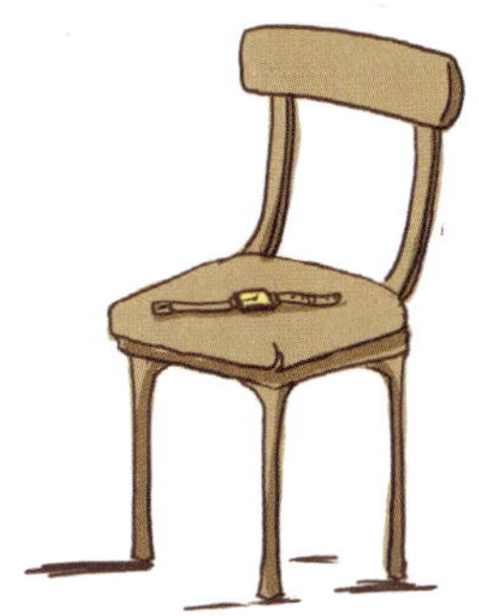

Alle Frauen in seiner großen Familie, von der Großmutter, die seine Schwiegertochter war, bis zur Urenkelin Dina, nannte Urgroßvater »Töchterchen«. Alle Männer – »Söhnchen«, bis auf seinen ältesten Sohn Grigori, den er stets mit vollem Namen ansprach.

In seinen letzten Jahren war Urgroßvater fast vollkommen blind, konnte lediglich Hell und Dunkel unterscheiden, sah nur noch das Fenster und die brennende Lampe. Lesen konnte er schon lange nicht mehr, aber die Urenkelin Dina sah ihn in ihrer Erinnerung merkwürdigerweise immer mit einem dicken Buch auf dem Schoß vor sich.

Er redete wenig, flüsterte aber ständig leise, kaum hörbar vor sich hin; man sah nur, wie sich der graue Schnurrbart über dem eingefallenen Mund bewegte – deshalb nannten ihn die Kinder den Flüster-Opa. Er war sehr still, saß fast den ganzen Tag in einem großen Sessel und manchmal auch auf einem Hocker auf dem winzigen halbrunden Balkon. Hinaus auf die Straße kam er nie.

Dinas Brüder gingen in die Schule, alle Erwachsenen arbeiteten, und Dina, die Jüngste in der Familie, blieb bei Urgroßvater. Manchmal legten sie sich aufs Sofa, deckten sich mit der geflickten blau-grünen Decke zu, und Urgroßvater erzählte dem Mädchen Geschichten, besser gesagt, eine einzige endlose Geschichte über Menschen mit ungewöhnlichen Namen.

Außerdem hatten sie noch ein Spiel: Dina versteckte Urgroßvaters Stock aus dunklem Holz, dessen Knauf ein Hundekopf mit angelegten Ohren war, und Urgroßvater suchte tastend danach und fand ihn nicht immer. Manchmal sagte er allerdings: »Töchterchen, hol den Stock unterm Bett vor, da kann ich nicht drunterkriechen.«

Als Dinas Bruder Alik zehn wurde, schenkte Urgroßvater ihm eine Uhr. Für die damalige Zeit ein ungeheuer wertvolles Geschenk. Die Uhr hatte ein schmales braunes Armband, erinnerte in ihrer Form an einen kleinen Ziegelstein, und das Zifferblatt hatte einen feierlichen Gesichtsausdruck. Sie wirkte wie eine Spielzeuguhr und bemühte sich, solide auszusehen.

Niemand in Aliks Klasse besaß eine Uhr. Niemand auf dem ganzen Hof besaß eine Uhr, nur Alik. Er schaute alle fünf Minuten darauf und staunte immer wieder, wie verschieden die Minuten waren: Manche schienen endlos lang, andere vergingen rasch, wie im Fluge.

Jeden Abend zog Alik die Uhr auf und legte sie auf einen Stuhl neben seinem Bett. Sooft Dina ihn auch darum bat – sie durfte die Uhr nicht einmal in die Hand nehmen.

Eines Morgens, etwa zwei Wochen nachdem Alik die Uhr geschenkt bekommen hatte, ließ er sie auf dem Stuhl am Bett liegen, als er in die

Schule ging. Unterwegs merkte er es, aber zum Umkehren war es zu spät.

Nach dem Frühstück entdeckte Dina die Uhr. Sie nahm sie vorsichtig in die Hand – und band sie um. Urgroßvater schüttelte den Kopf. Er schüttelte oft den Kopf, als gräme er sich. Auf dem Hof umringten die anderen Kinder Dina.

»Das ist Aliks Uhr!«, sagten sie.

»Nein, meine«, schwindelte Dina. »Unser Urgroßvater war Uhrmacher, bevor er blind wurde. Von solchen Uhren hat er hundert Stück. Er hat mir auch eine geschenkt.«

Die Ärmel hochgekrempelt, kletterte sie auf die Schaukel. Beim Schaukeln funkelte die Uhr über den ganzen Hof. Die Frau, die Wäsche aufhängte, sah sie, die Katze, die sich in der Sonne wärmte, und der kleine Junge, der in einem Sandhaufen spielte. Selbst der Hauswart fragte Dina, wie spät es sei. Dina wurde verlegen: Sie konnte die Uhrzeit noch nicht ablesen. Notgedrungen tat sie, als hätte sie es sehr eilig, und lief auf den hinteren Hof.

Dort spielten Kinder Volleyball. Dina wollte unbedingt mitspielen, und die anderen ließen sie, wenn auch ungern. Dina konnte nicht richtig Volleyball spielen. Sie hielt die Hände mit gespreizten Fingern hoch und wartete, dass der Ball dagegenprallte. Sie musste lange warten, sie war es schon fast leid, die gespreizten Finger sinnlos in die Luft zu halten. Endlich prallte der lang ersehnte Ball, von neiderfüllter Hand gezielt, mit voller Wucht gegen ihr Handgelenk, und die Uhr zersprang in Stücke – das Uhrwerk in die eine Richtung, das Glas in die andere. Das Glas schlug mit kläglichem Klirren auf und tat, in der Sonne aufblitzend, noch einen Hüpfer. An Dinas Handgelenk hing nur noch das Armband mit dem glänzenden Boden.

Es war Ende Mai. Die ersten heißen Tage. Die Linden mit ihrem jungen Laub wirkten wie frisch gestrichen, ja, sie rochen sogar ein wenig nach Ölfarbe. Die Bäume schienen wie erstarrt vor dem eingetretenen Unglück. Nur der herzlose Kolja

Kljukwin sagte boshaft: »Na, da kannst du was erleben von Alik! Obwohl, ist ja deine Uhr, oder?«

Die Überreste der Uhr in die Hand gepresst, stieg Dina langsam die Treppe hinauf und ging durch die Sonnenwolke auf den Stufen hinein in die kühle Dunkelheit, die nach feuchtem Kalk und nach Katzen roch. Sie brauchte sehr lange bis zum ersten Stock. Sie weinte nicht, aber das Laufen fiel ihr so schwer, als trüge sie einen Sack Kartoffeln auf dem Rücken. Sie hämmerte lange mit der Ferse gegen die Tür, bis sie den Urgroßvater mit seinem klackenden Stock herbeischlurfen hörte. Er öffnete. Dina bohrte ihre Nase in Urgroßvaters mageren Bauch, in die Segeltuchfalten seiner zerknitterten Hose.

»Schon gut, schon gut, Töchterchen«, sagte er. »Du hättest sie nicht mitnehmen sollen.«

»Schon gut!«, heulte Dina. »Du hast gut reden!«

Endlich spritzten die Tränen, und zwar wie bei einem Zirkusclown – in heftigem Strahl. Dina stopfte Glas und Uhrwerk in Urgroßvaters kleine, dürre Hand und band das Armband mit dem Boden ab – er kam ihr so gruselig vor wie der Sargdeckel, den sie einmal im Treppenhaus gesehen hatte.

»Schon gut! Schon gut!«, schluchzte Dina tränenüberströmt, den Kopf in ein abgewetztes Sofakissen vergraben. Und als alle Tränen, die sie hatte, vergossen waren, schlief sie fest ein.

Der Greis mit dem schütteren weißen Haar, das auf dem kleinen Kopf zu Berge stand, hielt die kaputte Uhr in der Hand und murmelte lautlos vor sich hin.

Als Dina erwachte, saß Urgroßvater am Tisch, vor sich ein Porzellankästchen mit Werkzeug: Pinzetten, Bürstchen, Rädchen und einem runden Vergrößerungsglas in dunklem Rahmen, das die Kinder »Auge« nannten und das Urgroßvater schon lange nicht mehr benutzen konnte.

Dina schlich auf Zehenspitzen zu ihm und presste sich an seine spitze Schulter. Er fädelte gerade das Armband in die Ösen der intakten Uhr.

»Du hast sie repariert, Opa?«, fragte Dina, die ihren Augen nicht traute.

»Na, siehst du, und du hast geweint. Ein neues Glas habe ich nicht. Hier ist ein kleiner Riss.« Er fuhr mit seinem harten langen Fingernagel darüber. »Siehst du?«

»Ja«, flüsterte Dina. »Und du? Sag, du bist gar nicht blind, stimmt's? Du kannst doch sehen, ja?«

Urgroßvater drehte sich zu ihr um. Seine Augen waren gütig und trüb. Er lächelte.

»Ein bisschen kann ich wohl sehen. Aber nur das Allerwichtigste«, antwortete er und flüsterte wie immer etwas Unhörbares.

Das ist schon die ganze Geschichte.

Inzwischen sind viele Jahre vergangen, und Dina erinnert sich nur noch an weniges aus dieser Zeit. Doch das, woran sie sich erinnert, wird mit den Jahren immer deutlicher, und manchmal glaubt sie, bald könne sie die Worte hören und verstehen, die Urgroßvater immer flüsterte.

Die Wachsente

Der alte Rodion kam meistens im Sommer – fast jeden Sonntag. Er lief stets neben seinem alten Leiterwagen, der von einem großen mageren Pferd gezogen wurde. Mitten im Hof blieb er stehen und rief mit lauter Stimme: »Lumpenaltpapier!«

Dieses »Lumpenaltpapier« war wie eine Art Refrain, denn außerdem sang er noch: »Flaschen, Gläser, Knochen, Lumpen, Altpapier – alles nehmen wir!«

Die Kinder umringten ihn als Erste.

Im hinteren Teil des Wagens lagen die Altwaren – ein zerbeultes Samowarrohr, Überreste von Stiefeln, selbst alte Konservenbüchsen verschmähte der Alte nicht. Vorn stand immer ein Pappkoffer.

Wenn Rodion den Koffer öffnete, erstarrten alle. Der Koffer war voller Schätze. In ein Stück dünne Pappe waren kleine Ohrringe mit roten und grünen Steinen gesteckt, schmale Ringe lagen durcheinander in einer Bonbondose, bemalte, durchscheinende Wachsenten, wie große Luftblasen anzusehen, bildeten einen Haufen, große Glaskugeln, in denen gravitätisch Fische und Schwäne schwammen, funkelten blendend. Auf Papier aufgenähte Knöpfe und vielfarbige Wollknäuel schillerten verheißungsvoll in der Maisonne.

Valka Bobrowa presste sich an den Wagen und wich bis zum Ende der Vorstellung nicht von seiner Seite. Sie hatte nichts, was sie Rodion geben konnte. Vor einem Jahr hatte sie ihm einmal ein Tuch ihrer Mutter bringen wollen, doch ihre ältere Schwester Ninka hatte es gesehen, ihr das Tuch wieder abgenommen und sie vermöbelt. Die Mutter hatte anschließend noch nachgelegt.

Valka stand also da, betrachtete gierig die Schätze und überlegte, was sie auswählen würde. Große

Dinge wie die Glaskugeln schaute sie gar nicht erst an – sie wollte ihre Wünsche nicht sinnlos vergeuden. So schwankte sie zwischen einem Ring mit grünem Stein und einer Ente. Die Ente war leicht beschädigt, sie hatte eine Delle am Flügel. Außerdem gefiel ihr ein Fingerhut gut. Er war winzig klein, wie für ein Kind, und lag als einziger in einer Schachtel mit Nadeln und Knöpfen.

Das Geschäft lief schleppend. Tante Marussja brachte einen zigfach gelöteten Topf mit löchrigem Boden und bat um ein Päckchen Nadeln. Rodion gab ihr eine einzige, und sie ging unter wüsten Beschimpfungen in den Teil des Hauses, wo vor dem Krieg nur die Krylows gewohnt hatten, nun aber ganze fünf Familien lebten.

Petka Rasuwajew brachte einen alten Mantel, doch den nahm Onkel Rodion nicht: Dein Vater reißt dir die Ohren ab! Das war die reine Wahrheit.

Saschka Molokin brachte drei Galoschen. Die hatte er nach der Maidemonstration – vermutlich hatten Betrunkene sie verloren – aufgesammelt und in Erwartung Rodions aufbewahrt. Er wollte eine Glaskugel mit Schwänen, bekam aber einen gelbrosa Papierball an einem Gummiband und war auch damit zufrieden.

Dann kam Schurka Turok, ein erwachsener Bursche, sagte leise etwas zu Rodion, und der nickte. Schurka war ein im ganzen Hof bekannter Dieb, das wusste jeder, aber er war sehr gewitzt und deshalb noch nie erwischt worden.

Die alte Jegorowa brachte eine Steppdecke. Bei ihr im Zimmer hatte es gebrannt. Das Feuer war gelöscht worden, aber die Decke war angekokelt. Für die Überreste der Decke bat sie Rodion um zehn große schwarze Knöpfe, doch die mochte er für eine angesengte Decke nicht hergeben. Sie verhandelten lange, schließlich ging die Jegorowa unverrichteter Dinge nach Hause.

Valka machte große Augen und merkte sich alles genau. Sie hatte ein unglaubliches Gedächtnis: Ihr ganzes Leben lang erinnerte sie sich, wer

Rodion was gebracht und was er dafür bekommen hatte.

Rodion schloss seinen Koffer, und die Zuschauer zogen sich zurück. Valka ging immer als Letzte. Diesmal war nichts Außergewöhnliches geschehen, ihr Hof war um einen Papierball reicher, den Valka sich niemals ausgesucht hätte, und um eine Nadel.

Rodion lief gemächlich um sein Gespann herum und tätschelte das Pferd. Jemand hatte das große grüne Tor geschlossen.

»He, mach das Tor auf!«, rief Rodion Valka zu, und sie rannte wie der Blitz los, um es zu öffnen. Rodion fuhr hinaus auf die gepflasterte Straße, und Valka stand am Tor und dachte an die Ente mit dem eingedrückten Flügel.

Tante Matrjona Kljujewa klopfte am Zaun einen Läufer aus, der schwarze Staubwolken ausstieß. Da ertönte im Haus ein schriller Kinderschrei. Matrjona ließ den Läufer fallen und rannte hinein. Sie hatte einen Topf mit Wäsche auf dem

Herd stehen und fürchtete, der kleine Serjosha, der allein in der Küche war, habe sich verbrüht.

Kälte und Entschlossenheit überkamen Valka. Angespannt wie eine Feder, ohne einen Augenblick zu überlegen, schnappte sie sich den Läufer und rannte Rodion hinterher. Der fuhr bereits auf den Nachbarhof und rief dort sein »Lumpenaltpapier«.

Valka drängte sich geschickt durch die Menge der Nachbarinnen und hielt Rodion den Läufer hin.

»Ist dir ja ziemlich spät eingefallen«, knurrte er, stocherte mit dem Finger auf dem Läufer herum und warf ihn auf den Wagen. Valka wollte um die Ente bitten, aber ihre Zunge war wie gelähmt. Rodion griff, ohne hinzusehen, in den Sperrholzkoffer, angelte mit seinen riesigen Fingern die zerdrückte Ente daraus hervor und ließ sie in Valkas Hand fallen. Sie barg sie in beiden Händen und ging still nach Hause. Die Kälte und Entschlossenheit waren verflogen, ihr Herz hämmerte, und sie hatte großen Durst. Unterwegs dachte sie nur an eines: Wo die Ente verstecken?

Zwei Jahre später kam Valka zur Schule, und dort entdeckte man ihr Talent: Ihr unterernährter Körper war äußerst gelenkig und gewandt. Erst holte ein Trainer aus dem »Haus der Pioniere« sie in die Gymnastiksektion, dann wurde sie an eine richtige Sportschule versetzt. Sie nahm an großen Wettkämpfen teil, fuhr zu Sportlertreffen in andere Städte, wurde bald »Meister des Sports« und später eine weltberühmte Turnerin.

Vor jedem Wettkampf überkamen sie Kälte und Entschlossenheit, und immer musste sie dabei an die zarte Wachsente mit dem eingedrückten Flügel denken, die schon längst in ihren heißen Fingern geschmolzen war.

Die Nägel

In dem Sommer, als Serjoshas Schwester Mascha zur Welt kam, sollte er aufs Land geschickt werden – nicht zum Großvater wie andere Kinder, sondern zum Urgroßvater. Urgroßvater lebte in einem entlegenen Dorf, und der Weg dorthin, den sein Vater mit ihm nahm, war kompliziert: erst mit dem Zug, dann mit einem kleinen Dampfer und anschließend lange zu Fuß.

Am späten Abend erreichten sie das Dorf. Zu beiden Seiten der schmalen, mit dichtem, buschigem Grün bewachsenen Straße standen graue Hütten. Einige waren vernagelt. Mitten auf der Straße liefen dünnbeinige, lockige Tiere, und Serjosha sagte: »Komische Hunde!«

Der Vater lachte.

»Aber das sind doch Schafe! Und da ist auch der Schäfer!«

Er zeigte auf einen Jungen, etwas älter als Serjosha, barfuß und mit einer warmen Mütze auf dem Kopf. Auch das war komisch.

Die Hütte, in der Urgroßvater wohnte, stand ganz am Rande des Dorfes. Als sie eintraten, erstarrte Serjosha – hier drin sah es aus wie auf einem Bild in seinem Märchenbuch: Am russischen Ofen hing ein Schafpelz, wie ihn der Greis aus dem Märchen anzog, bevor er seine arme Tochter in den Wald brachte; selbst die Ofengabel stand am selben Platz wie im Märchenbuch. Und der Geruch war so besonders, dass er ihn sein Leben lang nicht vergaß: nach altem Schafpelz, Sauerteig, Äpfeln, Pferdegeschirr und anderem Fremden – ein Geruch, wie es ihn nirgendwo sonst auf der Welt gab.

Zwei alte Frauen stürzten auf Vater zu, küssten ihn, weinten und fragten ihn aus. Als Junge, vor dem Krieg, hatte er sie häufig besucht.

Sie küssten auch Serjosha. Die eine Greisin war ja nicht übel, aber die andere sah gruselig aus – klapperdürr und vollkommen zahnlos.

»Serjosha, das sind meine Tanten Nastassja und Anna«, sagte Vater, »die Schwestern deines Großvaters. Für dich also so was wie Großmütter ...«

Ich habe schon eine Großmutter!, dachte Serjosha wehmütig und sah seine hübsche Großmutter mit der Dauerwelle vor sich, Mamas Mutter, die Buchhalterin in einem Theater war und oft mit ihm in Kindervorstellungen ging. Er verzog das Gesicht, sagte aber nichts.

Vater holte die Geschenke aus dem Rucksack – die eine Großmutter freute sich sehr, die andere weinte.

Bestimmt hat sie Angst, dass die andere sich alle Geschenke nimmt, dachte Serjosha und zupfte seinen Vater heimlich am Ärmel – er wollte ihm sagen, dass er die Geschenke selbst aufteilen sollte, sonst würde die Dürre nichts abbekommen. Er war ein gerechter Junge und im Hof an gerechtes

Teilen gewöhnt. Doch Vater wehrte ab: »Später, später«, und packte weiter seine Päckchen aus.

Da kam Urgroßvater herein. Er war groß und sah aus wie ein hässlicher Bär. Die beiden Omas wurden sofort still, und eine sagte: »Sieh, Vater, Viktor ist da, Iwans Sohn.«

Sie küssten sich.

»Bist doch nach uns geraten«, sagte Urgroßvater mit dumpfer Stimme. »Als Kind warst du immer klein.«

Serjosha schien es, als wäre Vater verlegen.

Die Omas wurden geschäftig, brachten ein großes dunkles Brot auf den Tisch, Löffel und eine grüne Schüssel.

Serjosha wurde von niemandem beachtet, aber er langweilte sich nicht. Er betrachtete still die vielen unbekannten Dinge. Erstaunlich: Selbst Vertrautes sah hier irgendwie anders aus – die Löffel waren aus Holz, und die Kissen hatten keine weißen Bezüge wie zu Hause, sondern rote und bunte.

Die nicht gruselige Oma schnipselte Zwiebellauch, Gurken und Kartoffeln in eine Schüssel, die andere brachte ein Sieb voller Eier. Aus dem Sieb ragte Heu – wie auf dem Bild zum Märchen vom Hühnchen …

Dann kamen drei Kinder: zwei Mädchen, etwas älter als Serjosha, und ein Junge, vermutlich in seinem Alter oder ein bisschen jünger.

»Deine Spielgefährten hier«, sagte der Vater. »Deine Großcousins.«

Sie hießen Marinka, Ninka und Mitka.

Serjosha staunte – er hatte gar nicht gewusst, dass er so viele Verwandte besaß.

Sie setzten sich zu Tisch. In seiner Mitte stand eine Schüssel mit einer bräunlichen Suppe, aber es gab keine Teller, nur Löffel und das große Brot, platt wie ein Fladen. Urgroßvater bekreuzigte sich und fuhr mit seinem Löffel in die Schüssel, die anderen folgten ihm der Reihe nach.

»Iss«, flüsterte der Vater, »das ist Okroschka.«

Alle löffelten sehr geschickt, niemand bekleckerte den Tisch, nicht einmal Mitka.

Urgroßvater fragte Vater nach dem Betrieb und nach seinem Leben. Vater antwortete und achtete nicht auf Serjosha. Serjosha aber saß da, drehte unschlüssig ein Stück Brot in der Hand und staunte, wie sie alle aus einer Schüssel aßen.

Plötzlich holte die gruselige Oma, die Anna hieß, einen tiefen weißen Teller, füllte etwas aus der Schüssel hinein und stellte ihn vor Serjosha hin.

»Iss, Junge, bist doch ein Stadtkind«, flüsterte sie ihm mit ihrem zahnlosen Mund zu.

Die Mädchen kicherten, der Junge prustete laut los.

Auf einmal fühlte Serjosha sich einsam und unglücklich. Er dachte bei sich, dass er nicht hier bleiben, sondern am nächsten Tag mit Vater wieder zurückfahren würde.

Vor ihm stand der weiße Teller – alle anderen aßen aus einer gemeinsamen Schüssel, und das empfand Serjosha plötzlich als sehr kränkend. Und sein Vater saß da, aß und bemerkte überhaupt nichts. Tränen stiegen Serjosha in die Augen und mussten jeden Moment fließen.

»Warum isst du denn nicht? Oder magst du das nicht?«, fragte die Oma.

»Doch«, flüsterte Serjosha.

Die Tränen flossen ganz von allein. Er schob den Teller beiseite und langte nach der Gemeinschaftsschüssel. Die Suppe war kalt und sauer, und auf Serjoshas Löffel schwamm ein Stück Lauchzwiebel, die er nicht mochte.

Dann kamen ein großer Teller Rührei und gekochte Kartoffeln auf den Tisch. Das kannte Serjosha, und davon aß er. Oma Anna brachte ihn zum Schlafen in die andere Haushälfte, in ein großes hohes Bett mit bunten Kissen.

Er legte sich hin und dachte noch einmal, dass er nicht hier bleiben würde.

Als er am nächsten Morgen aufwachte, war sein Vater schon weg. Das sagte ihm Anna, zu der er irgendwie nicht Oma sagen konnte. Sie gab ihm Milch und ein Stück von dem gestrigen großen

Brot und schickte ihn dann hinaus, spazieren gehen. Die Kinder waren schon weg.

Serjosha verließ die Hütte. Er lief um sie herum. Sie war sehr groß, hatte einen Anbau, und ein Stück abseits stand noch ein Schuppen. Die Tür war ein Stück offen, und er schaute hinein. Drinnen war niemand. Eine Werkbank stand da, darüber hing verschiedenes Werkzeug: Hobel, Hämmer und viele andere Dinge aus Eisen, für die Serjosha keine Namen wusste. Vor der Werkbank stand eine Kiste. Darin lagen in Fächern Nägel verschiedener Größe. Serjosha nahm sich eine Hand voll mittelgroßer, so lang wie sein kleiner Finger, dazu einen Hammer und sah sich um, wo er die Nägel einschlagen könnte.

Er setzte sich auf die Türschwelle, schüttete die Nägel vor sich hin und schlug sie nacheinander in die Schwelle. Er traf nicht gleich, schlug sich auf die Finger, und die Nägel verbogen sich. Dann ging es allmählich besser.

Plötzlich spürte er, dass er nicht allein war. Neben ihm stand Urgroßvater und sah ihm zu. Serjosha erschrak. Wortlos nahm Urgroßvater ihm den Hammer und ein paar Nägel aus der Hand und schlug sie mühelos und gerade neben denen von Serjosha ein.

»Du musst den Hammer ganz oben anfassen«, sagte der Alte mit dumpfer Stimme, »und den Nagel so halten. Und dann mit einem kräftigen Schlag!« Serjosha begriff, dass Urgroßvater nicht böse auf ihn war.

Er nahm den Hammer, wie der Alte gesagt hatte, und schlug noch ein paar Nägel ein. Bis die ganze Türschwelle voll war. Dann stand er auf und wollte gehen. Urgroßvater hobelte gerade ein Brett, doch nun legte er den Hobel beiseite, gab Serjosha ein schweres, gebogenes Eisending mit gespaltenem spitzem Ende und sagte: »Hier hast du ein Nageleisen. Jetzt ziehst du die Nägel wieder raus! Ein Nagel muss zu etwas nütze sein. Was soll er dort?«

Serjosha nahm das Nageleisen mit beiden Händen … Wieder kniete sich Urgroßvater hin, nahm ihm das Nageleisen aus der Hand und zeigte ihm, wie er es halten musste. Urgroßvater hatte riesige dunkle Hände, die Fingernägel waren dick und braun wie alte Pappe.

Mit solchen Fingern kann man auch ohne Zange Nägel rausziehen, dachte Serjosha.

Er mühte sich lange, einen Nagel zu lockern, ihn herauszuziehen, schaffte es aber nicht. Wehmütig betrachtete er die glänzende Reihe Nägelköpfe, die er alle rausziehen sollte, und wusste: Er saß in der Falle. Urgroßvater trat zu ihm, schlug mit dem Hammer leicht gegen das Nageleisen, und schon hielt es den Nagel fest umklammert.

»Jetzt drücken!«, sagte Urgroßvater, und Serjosha drückte den Hebel mit beiden Händen nach unten. Der Nagel zögerte ein wenig, dann zitterte er und kam herausgekrochen, schließlich drängte er geradezu leicht und freudig hervor, als wollte er selbst nichts anderes. Nur zum Schluss musste er noch ein bisschen kräftiger gezogen werden. Endlich war er draußen.

Mit dem nächsten ging es nicht so leicht – der Kopf brach ab. Urgroßvater sah nur kurz hin und sagte dumpf: »Gib acht auf die Nägel.«

Serjosha machte sich an den dritten. Urgroßvater gab ihm eine Schachtel, in der er die Nägel sammeln sollte. So zog und zog er, bis sie zum Essen gerufen wurden.

Nach dem Mittag ging Urgroßvater fort, und Serjosha beschloss, sich zu verstecken. Er kletterte auf den Dachboden. Dort war es staubig und geheimnisvoll, doch die Nägel, die noch in der Türschwelle steckten, ließen ihm keine Ruhe, und er kletterte hinunter vom Boden und ging in den Schuppen.

Dann kam Urgroßvater wieder, schaute Serjosha zu und sagte kein Wort. Serjoshas Finger waren blau geschlagen und taten weh, aber er konnte trotzdem nicht einfach weggehen.

»Eingeschlagen hab ich sie in fünf Minuten«, sagte Serjosha wütend zu wem auch immer, »aber das Rausziehen dauert hundert Stunden!«

Bis zum Dunkelwerden plagte er sich mit Nageleisen und Zange, und schließlich lagen alle Nägel, krumm und schief geschlagen, in der Schachtel. Er gab die Schachtel Urgroßvater, der stellte sie auf die Werkbank und sagte: »Gehen wir in die Hütte …«

Serjosha war zufrieden mit sich, auch wenn Urgroßvater ihn nicht gelobt hatte.

Am nächsten Morgen stand er früh auf. Die beiden Mädchen und Mitka liefen barfuß in der Hütte herum. Serjosha schnallte seine Sandalen zu und überlegte, wie er sich ihnen anschließen könnte, da kam Urgroßvater herein und sagte: »Komm mit, Serjosha.«

Serjosha wunderte sich, folgte ihm aber.

Urgroßvater führte ihn in den Schuppen. Auf der Werkbank stand die Schachtel mit den Nägeln von gestern.

Urgroßvater nahm ein Stück Eisen, so groß wie ein Buch, aber schmaler, legte es auf einen hohen Holzblock, angelte mit zwei Fingern einen krummen Nagel aus der Schachtel und schlug mit dem Hammer leicht darauf. Der Nagel bog sich wieder gerade und funkelte im frischen Glanz.

»Das machst du jetzt«, sagte Urgroßvater.

Serjosha erstarrte.

Das ist ja eine Lebensaufgabe, dachte er. Er nahm den Hammer und schlug leicht auf einen Nagel. Doch der Nagel sprang nur auf die andere Seite. Er drehte und wand sich, als wäre er lebendig. Serjosha schlug daneben, traf seinen Finger …

Urgroßvater lachte spöttisch.

»Nicht so fest halten!«

Serjosha presste die Lippen zusammen, um nicht loszuheulen, und hämmerte und hämmerte. Lange mühte er sich vergebens, doch plötzlich ging es wie von selbst – die Nägel gehorchten ihm.

Als er fertig war, stellte er die Schachtel auf die Werkbank. Urgroßvater nahm sie und legte sie in die Kiste unter der Werkbank, dann richtete er sich auf und sagte: »Im Hühnerstall müssen zwei Bretter ausgewechselt werden. Komm mit, du kannst mir helfen.«

In diesem Sommer spielte Serjosha nicht mit

seinem Cousin und seinen Cousinen. Er lief dem Alten hinterher und half ihm bei jeder Arbeit: beim Tischlern, im Haus, im Bienenstock … Am Ende des Sommers bekam Urgroßvater mit einem Leiterwagen Bretter geliefert. Sie wurden vor dem Schuppen abgeladen. Urgroßvater untersuchte sie lange, ächzte und schüttelte den Kopf. Dann rief er Serjosha – zum Helfen. Erst einmal richtete Urgroßvater lange das Hobeleisen, dann schärfte er die alte Säge, und als das Werkzeug bereit war, machte er sich an die Arbeit. Er brauchte Serjoshas Hilfe nicht, ließ ihn aber trotzdem nicht weg, gab ihm dauernd kleine Aufträge … Kurz vor Serjoshas Abreise war die Arbeit beendet – ein großer langer Kasten mit Deckel.

Am letzten Tag fragte Cousin Mitka Serjosha: »Kommst du zur Beerdigung?«

»Zu welcher Beerdigung?«, fragte Serjosha erstaunt.

»Urgroßvater will sterben, warum hat er wohl sonst den Sarg gebaut?«

So ist das also – der Holzkasten ist ein Sarg, begriff Serjosha endlich.

Am nächsten Tag kam sein Vater ihn abholen. Urgroßvater zeigte ihm den Sarg im Schuppen, und Vater sagte, das Holz sei sehr solide …

Im nächsten Sommer fuhr Serjosha wieder aufs Land. Doch diesmal war alles anders. Er freundete sich mit Mitka und den Mädchen an, ging mit ihnen zum Fluss und in den Wald, Beeren sammeln. In den Schuppen schaute er nur ein einziges Mal – auf der Werkbank stand die Schachtel mit den Nägeln, die er letzten Sommer gerichtet hatte. Urgroßvater aber war nicht mehr da.

Ein glücklicher Zufall

Sobald es warm wurde und der Matsch trocknete, begann die dürre gelbe Chalima, bis zu den Augenbrauen in ein ausgeblichenes seidenes Kopftuch gehüllt, ihr Bettzeug zu trocknen. Sie stellte Klappbetten hinaus und türmte darauf Decken, Läufer und Deckbetten zu einem so gewaltigen bunten Haufen, dass unbegreiflich war, wie das alles Platz fand in den beiden winzigen Kellerzimmerchen, die sie mit ihrem kahl geschorenen Mann Achmet und einer Vielzahl Kinder unterschiedlichen Alters bewohnte.

Dieser Haufen lag genau unterm Fenster der Familie Kljukwin, die im Erdgeschoss der einstöckigen Holzbaracke wohnte.

Während Decken und Kissen in der Sonne lagen

und die im Winter gespeicherte Kellerfeuchtigkeit ausschwitzten, beschimpfte die bösartige alte Kljukwina, den Kopf zwischen Blumentöpfen aus dem Fenster gereckt, eifrig und monoton Chalima.

»Kolja, Kolja, komm mal her!«, rief sie ihren stets zu Unfug aufgelegten Enkel. »Los, kipp das ganze Zeug um!«

Kolja lief freudig hinaus auf den Hof, passte einen Moment ab, als Chalima weg war, und kippte ein Klappbett um.

Ob Chalima sich darüber ärgerte oder nicht, war schwer zu sagen. Sie war schweigsam und geduldig. Sie sammelte die Sachen auf, legte sie wieder aufs Klappbett und setzte ihre Tochter Rosa daneben, zum Aufpassen.

Chalimas Klappbetten dienten gewöhnlich als Startsignal für die anderen Frauen – sie hängten Wintermäntel und Decken auf die Wäscheleinen zwischen den Linden, und auf den Zäunen hockten dicke Kissen wie riesige vielfarbige Katzen.

Teppiche und Läufer wurden ausgeklopft und spuckten Wolken gemütlichen Hausstaubs aus.

Die alte Kljukwina stand noch immer am Fenster und schimpfte. Dann dachte sie, dass es nicht übel wäre, ihre Plüschjacke zu lüften. Auf den Hof mochte sie sie nicht bringen – sie könnte ja gestohlen werden! –, also beschloss sie, sie auf dem Dachboden auszulüften.

Sie rief Kolja und hieß ihn, den Pelz – so nannte sie ihre Jacke respektvoll – auf den Dachboden zu bringen, dann nahm sie in der Diele den Schlüssel vom Nagel und folgte Kolja auf den Boden.

In den ersten Stock führte eine breite Holztreppe, doch dann wurde sie schmaler, machte eine jähe Wendung und endete vor einer niedrigen Tür.

Die alte Kljukwina öffnete das Vorhängeschloss, und sie betraten den riesigen, bereits von der Frühjahrssonne erwärmten Raum. Das Dach war uneben, in der Mitte des Raumes machte die Decke einen Buckel und strebte aufwärts, und in einer der schrägen Wände gähnte ein großes zweiflügeliges Fenster, durch das ein gestreifter Strom diffusen, trüben Lichts einfiel.

Kolja war schon oft hier gewesen und jedes Mal begeistert erstarrt vor den herumliegenden Trödelhaufen, vor den bizarren Konturen, die das Abzugsrohr eines Samowars, ein gehörnter Garderobenständer, eine umgekippte Truhe und ein auf der Seite liegender, mit weichem Staubflaum bedeckter Kleiderschrank bildeten.

Kolja strebte dorthin, doch die Großmutter, die inzwischen ihre Jacke auf die Leine gehängt hatte, zog ihn zum Ausgang. Sie schloss die niedrige Tür ab und humpelte auf ihren geschwollenen Beinen die Treppe hinunter. Kolja lief neben ihr und überlegte fieberhaft, wie er ihr den Schlüssel stibitzen und allein auf den Dachboden gelangen könnte. Doch sie hielt den Schlüssel in der Hand, und die Hand hatte sie in ihre Schürzentasche gesteckt.

Kolja ging hinaus auf den Hof und betrachtete nachdenklich das Dach. Das Bodenfenster stand einen Spalt offen; der gegabelte Stamm einer großen Linde wuchs ein Stück auf das Fenster zu, bog jedoch dann ab, sodass man von dort nicht aufs Dach gelangen konnte. Direkt neben der baufälligen Holzbaracke stand ein später gebauter zweistöckiger Ziegelbau, die Hauswände lehnten direkt aneinander, doch das Dach des Dreigeschossers, dieses Wolkenkratzers in ihrem Viertel, lag anderthalb Meter höher als das Dach von Koljas Haus.

Wenn die Bodentür drüben offen ist, könnte man es riskieren, entschied Kolja.

Im Nu war er in den zweiten Stock hinaufgerannt. Zwei Türen führten zu Wohnungen, dazwischen befand sich eine weitere, schlichtere Tür zum Dachboden. Sie war abgeschlossen. Aber der findige Kolja wusste Rat: Er bat den Hauswartssohn Vitka um den Bodenschlüssel. Er schwindelte ihm vor, auf dem Dach liege ein Ball, und zwar nicht irgendein Ball, sondern der in allen Höfen der Gegend berühmte Lederball von Schurik. Keiner der Jungs wisse, wo der Ball abgeblieben sei, doch er, Kolja, habe gesehen, dass er auf dem Dach gelandet sei. Wenn Vitka ihm helfe, den Bodenschlüssel zu besorgen, dann gehörte Schuriks Ball für immer ihnen beiden!

Vitka bekam ganz blanke Augen, und er versprach unverzüglich seine Hilfe. Den Schlüssel zu besorgen war für ihn kein Problem: Seine Mutter ruhte schnarchend auf dem schmalen Bett hinterm Ofen, und alle Schlüssel lagen auf einem Haufen mitten auf dem Tisch.

Drei Minuten später standen die beiden Jungen vor der Dachbodentür und probierten einen Schlüssel nach dem anderen. Der alte Konjuchow kam aus der Nachbarwohnung, schaute sie misstrauisch an und fragte, was sie da machten. Vitka druckste verlegen herum, Kolja aber schwindelte freundlich: »Tante Nastja hat gesagt, wir sollen ihr die Besen bringen, die stehen hier oben.«

»Ach so«, sagte Konjuchow zufrieden und lief, mit seinem Stock polternd, die Treppe hinunter.

Endlich war die Tür offen. Der flache Dachboden interessierte Kolja nicht die Bohne. Es roch nach Mäusen, ein umgekipptes Bett stand da und eine Kinderbadewanne.

Das ist doch gar nichts gegen unseren, dachte Kolja. Er stellte sich vor, wie er mitten in den riesigen Haufen hineinsteigen, wie das Samowarrohr tuten und wie prächtig er sich dort fühlen würde …

Sie kletterten durch die Dachluke hinaus. Das lange nicht gestrichene flache Dach, dessen einzige Begrenzung eine schmale Kante aus rostigem Blech bildete, dröhnte dumpf unter ihren Füßen. Hinuntersehen war gruselig.

»Hier ist kein Ball«, flüsterte Vitka, »wo ist der denn, dein Ball, he?«

Er starrte wie gebannt hinunter. Die Erde wölbte sich unter ihm. Von dieser Höhe konnte man prima sehen, wie groß und rund sie war. Auf der einen Seite standen lauter kleine Häuser, der Horizont war also quasi offen, und die Häuser verschwanden in einem graugrünen Schleier. Selbst die höchsten Linden reichten nicht bis hier oben. Die Bäume waren noch ohne Laub, nur ein grüner Schimmer lag auf den Zweigen. Dazwischen sah man den Hof, den Nachbarhof und ein Stück Straße mit einer ratternden Straßenbahn. Der Feuerwehrturm wirkte ganz nah und wie verkleinert, ebenso der breite Leib der Pimen-Kirche.

»Was für ein Ball?«, fragte Kolja zurück, in Gedanken bereits weit entfernt von seiner schlauen Ausrede. »Ach ja, der Ball … Der ist bestimmt da runtergerollt«, sagte er und ging zielstrebig auf das Dachende zu, das über der Baracke hing.

»Bleib so lange hier sitzen, ich geh rüber auf die Baracke, vielleicht ist der Ball ja da«, sagte Kolja, der bereits mit baumelnden Beinen am Dachrand hing, besessen von seinem Dachboden. Er löste die Hände und landete gewandt auf dem Barackendach. Das Dach war bucklig, es lief sich schlecht darauf. Er ging zum offenen Bodenfenster, hielt sich am angelehnten Rahmen fest und schaute hinunter.

Er sah den hinteren Hof, eine große kahle Eiche, das Geflecht der Schuppen, Schurkas Taubenschlag, den funkelnden, vom ganzen Hof bewunderten Opel Kadett von Onkel Dima Orlow … Er ging in die Hocke – er wollte auch das überblicken, was er im Stehen nicht sehen konnte: das Klappbett mit den vielfarbigen Federbetten, den Sandkasten, die beiden Kleinen Nina und Valera, die eben noch im Sand gespielt hatten, den Dominotisch …

Die alte Kljukwina klapperte mit dem Bodenschlüssel und meckerte noch immer.

»So was, packt einem ihre Lumpen direkt vor die Nase«, knurrte sie.

Dann stand sie auf, schippte ein wenig Asche aus dem Ofen und ging damit zum Fenster. Chalima hatte sich gerade umgedreht; die Alte warf mit beinahe sportlichem Schwung die Asche aus dem Fenster direkt auf ein Klappbett und versteckte sich mit listigem Gesicht wie ein kleines Mädchen hinter der Gardine – Chalima beobachten. Doch die putzte ihren beiden kleinsten Söhnen die Nase und drehte sich noch immer nicht um.

Plötzlich huschte eine seltsame Gestalt an der Kljukwina vorbei. Schwarz und klein, fiel sie wie ein Stein von oben herunter, mitten hinein in Chalimas Lumpen, und ein Klappbett brach ächzend zusammen. Chalima stand über dem wachsbleichen Kolja. Sie schaute ihn an, entdeckte den dünnen Blutstrahl, der ihm aus dem Mund rann, riss ihn hoch und nahm ihn auf den Arm.

»Lebst du noch? Lebst du noch? Sind Arme und Beine heil?« Dann murmelte sie etwas auf Tatarisch, den ungezogenen, hinterhältigen, von niemandem auf dem Hof geliebten Jungen glücklich an sich gepresst.

Noch bevor die alte Kljukwina ganz begriffen hatte, was eigentlich passiert war, rannte sie auf ihren watteweichen Beinen zum Klappbett und schrie: »Ach, dieser Teufel! Dieser Junge ist ein wahrer Teufel! Wo ist der denn bloß runtergekommen?«

Kolja, heil und lebendig, wenn auch mit durchgebissener Zunge, bezog am Abend eine Tracht Prügel.

Am nächsten Tag trug die bösartige alte Kljukwina, Kolja an der Hand, feierlich einen großen, mit einem Handtuch gegen die Fliegen geschützten und mit Konfitüre gefüllten Kuchen in Chalimas Keller. Alle Nachbarn sahen, wie die Kljukwina sich vor Chalima verneigte und mit ihrer lauten, zänkischen Stimme sagte: »Verzeih mir, Chalima. Guten Appetit.«

Und Chalima stand an der Tür, hochgewachsen, in einem verwaschenen Kleid, zugleich einem dürren Pferd und einem Panther ähnlich – und war erstaunlich schön.

Das Kohlwunder

Zwei kleine Mädchen, einfache Halbschuhe an den Füßen, aber wie Bäuerinnen in dicke Wolltücher gehüllt, gingen auf die grüne Bretterbude zu, vor der sich eine dichte, düstere Schlange gebildet hatte. Alle warteten auf das Auto mit dem Kohl.

Es war schon spät an diesem Novembermorgen, aber noch immer dämmrig, neblig und trübe; die einzige Aufheiterung in dieser Düsternis waren die vor Feuchtigkeit dunkelroten Fahnen, die noch vom Feiertag hingen.

Das ältere der beiden Mädchen, Dussja, umklammerte in der Manteltasche einen schmutzigen Zehnrubelschein. Das Geld – nach heutiger Rechnung ein Rubel – hatte Dussja von der alten Ipatjewa bekommen, bei der die Mädchen seit fast einem Jahr lebten. Der Jüngeren, Olga, hatte Ipatjewa einen Leinensack in die Hand gedrückt – für den Kohl.

»Nehmt, so viel ihr tragen könnt«, hatte sie gesagt, »auch ein Kilo Möhren.«

Es war die Jahreszeit, um Kohl einzusalzen. Aber der Ipatjewa fiel das Tragen schwer, und ihre Beine wollten auch nicht mehr recht. Außerdem hatte sie sich, seit die Mädchen bei ihr wohnten, daran gewöhnt, dass diese fast die gesamte Hausarbeit erledigten – klaglos und ohne Mühe.

Zur alten Ipatjewa, der man den Spitznamen Elefantin gegeben hatte, waren die Mädchen Ende fünfundvierzig gekommen, an einem stürmischen Winterabend, zu später Stunde, fast schon in der Nacht. Sie waren die Enkelinnen der kurz zuvor verstorbenen Schwester der Ipatjewa und nun verwaist: Ihr Vater war an der Front gefallen, die Mutter ein Jahr darauf gestorben. Deshalb hatte die Nachbarin sie zur Elefantin gebracht – sie war die nächste Verwandte der beiden. Die Ipatjewa nahm die Mädchen auf, wenn auch ohne große Freude. Am nächsten Morgen, als sie auf dem Herd Brei wärmte, murmelte sie vor sich hin: Da haben sie mir schön was aufgehalst …

Die Mädchen schmiegten sich ängstlich aneinander und sahen die Alte mit runden blauen Augen schüchtern an.

In der ersten Woche sprachen die Mädchen nicht. Nicht einmal miteinander schienen sie zu reden. Das Einzige, was man von ihnen hörte, war ein leises Rascheln, wenn sie sich den Kopf kratzten. Die Alte schwieg ebenfalls, fragte nichts und wälzte die ganze Zeit einen schweren Gedanken: ob sie die Mädchen bei sich behalten oder sie lieber ins Waisenhaus geben sollte.

Am Sonnabend nahm sie eine Waschschüssel, saubere Wäsche und die Mädchen, deren Haare sie zuvor mit Petroleum eingerieben hatte, und ging mit ihnen nach Palicha, in die Badestube. Nach dem Bad ließ die Ipatjewa die Mädchen zum ersten Mal in ihrem Bett schlafen. Bis dahin hatten sie auf einer Matratze auf dem Fußboden gelegen. Die Mädchen schliefen rasch ein, die Ipatjewa aber saß noch lange mit ihrer Freundin Krotowa zusammen. Sie trank einen Schluck Tee und sagte: »Sollen sie in Gottes Namen bleiben. Vielleicht sind sie mir auf meine alten Tage nicht umsonst zugelaufen.«

Die Mädchen schienen zu spüren, dass sich ihr Los entschieden hatte, und begannen zu reden, erst miteinander, dann auch mit der Alten, die sie Oma Tanja nannten. Sie lebten sich ein, gewöhnten sich an das neue Zuhause und an die Elefantin – nur mit den Stadtkindern kamen sie nicht zurecht, deren Spiele verstanden sie nicht; lieber saßen sie im Zimmer neben der Nähmaschine, lauschten dem gleichmäßigen Rattern und sammelten die herunterfallenden Stoffreste auf. Die Ipatjewa übernahm verschiedene Näharbeiten, wenn sie Glück hatte, schneiderte sie etwas Neues, aber meist erledigte sie Änderungen und Reparaturen.

Nun gingen die Mädchen Kohl kaufen, und Dussja überlegte, worin sie ihn einsalzen sollten – ein Fass gab es in ihrem Haushalt nicht. In Dussjas löchriger Manteltasche war außer dem Zehnrubelschein noch ein Bild aus der Zeitung: eine Zeichnung, auf der ein gelber Japaner die Zähne bleckte und mit einem krummen Dolch nach einem Stück Landkarte ausholte.

Dussja wischte der Schwester die tropfende Nase ab.

»Schon so groß und kannst dir nicht allein die Nase putzen«, brummte sie genau wie die Ipatjewa, steckte die frierende Hand wieder in die Manteltasche und tastete nach dem Geldschein. Doch ihre steif gefrorenen Finger griffen nicht nach dem Zehnrubelschein, sondern rollten stattdessen den gelben Japaner handgerecht zusammen. Der zerknüllte Geldschein hingegen rutschte beleidigt durch das Loch in der Tasche und flog zusammen mit braunem gefrorenem Laub über die Straße.

Die Mädchen stellten sich ans Ende der nicht sehr langen Schlange. Die Frauen sagten, es würde womöglich doch kein Kohl geliefert, und darum standen nur noch die Beharrlichsten dort. Alle anderen waren nach zehn Minuten gegangen und hatten erklärt, sie würden wiederkommen. Die Mädchen schmiegten sich eng aneinander, schnieften, trampelten mit den vor Kälte tauben Füßen – die geschenkten, abgetragenen Schuhe hielten nicht warm.

»Wir hätten die Filzstiefel anziehen sollen«, sagte Dussja.

»Auf den Filzstiefeln schläft die Katze«, entgegnete Olga. Dann schwiegen sie wieder – es gab nichts weiter zu reden.

Nach einer Dreiviertelstunde kam der Lastwagen mit dem Kohl. Das Entladen dauerte ewig. Die Mädchen warteten geduldig, bis der Verkauf begann. Es wäre ihnen nicht in den Sinn gekommen, ohne Kohl fortzugehen.

Endlich war alles abgeladen. Das grüne Fensterchen ging auf, der Verkauf konnte losgehen. Mit einem Schlag schwoll die Schlange an. Immer mehr Leute kamen angelaufen: zum einen jene, die schon angestanden und sich einen Platz hatten freihalten lassen, zum anderen auch welche, die noch nicht angestanden hatten. Die Mädchen wurden immer wieder ans Ende gedrängt. Sie waren schon völlig durchgefroren. Zudem fiel hin und wieder Schneeregen. Ihre Wolltücher waren bald nass, hielten aber noch warm. Nur die Füße waren endgültig taub. Die Mittagsstunde war längst überschritten, als die Mädchen kurz vor dem Fensterchen standen und die Verkäuferin es schloss. Die davor stehende Frau regte sich auf:

»Wieso machst du zu, ihr habt doch gerade erst aufgemacht?«

Doch die Verkäuferin fauchte nur: »Mittagspause!«, und ging weg.

Eine weitere Stunde verging. Es fing an zu dämmern. Nun fiel richtiger Schnee in dicken, klebrigen Flocken. Er bedeckte die gebeugten Rücken der alten Frauen, die Dächer und den Berg blauweißer, hart gefrorener Kohlköpfe. Doch der weiße Schnee machte alles ein wenig fröhlicher und heller.

Die Verkäuferin kam zurück. Sie bediente die Frau vor den Mädchen, und Dussja zog schon mal das kostbare Papierröllchen aus der Tasche, rollte es auf – doch anstelle des Zehnrubelscheins war es das Bild mit dem Japaner. Sie kramte in der Tasche, aber mehr war nicht darin. Entsetzen erfasste sie.

»Tantchen! Ich hab das Geld verloren!«, schrie sie. »Ich hab's unterwegs verloren! Ich kann nichts dafür!«

Die rotgesichtige Verkäuferin, wie ein Kohlkopf in mehrere Schichten gehüllt, beugte sich aus ihrem Fenster zu Dussja hinunter und sagte:

»Lauf schnell nach Hause! Hol Geld von deiner Mama, ich nehm dich nachher außer der Reihe dran.«

Aber Dussja rührte sich nicht.

»Ich hab ein Loch in der Tasche! Ich kann nichts dafür!«, heulte sie.

Die kleine Olga begriff, dass ein Unglück sie getroffen hatte, und heulte ebenfalls.

»Geh suchen, vielleicht findest du's wieder«, riet ihr eine dunkelgesichtige Frau aus der Schlange.

»Na klar, ganz bestimmt«, schnaubte ein einäugiger Alter.

»Haltet nicht alles auf, was soll das unnütze Gerede! He, Mädchen, geht beiseite!«, sagte eine Dritte.

Mit gesenkten Köpfen gingen die beiden in Wolltücher gehüllten Mädchen den Weg zurück, scharrten mit den Füßen in dem mit Schnee und Dämmerung vermischten Laub, bückten sich und wühlten mit vor Kälte kalkweißen Händen in knirschenden Schneewehen. Beide heulten. Die Ältere jammerte kummervoll, wie eine Erwachsene:

»So ein Elend! Was soll jetzt bloß aus uns werden? Verjagen wird sie uns, und wo sollen wir dann hin?«

Olga, die Winkel ihres dreieckigen Mundes herabgezogen, echote: »Wo sollen wir dann hin?«

Inzwischen war es dunkel. Den Leinensack über die Schulter geworfen, schlichen sie langsam nach Hause. Die kluge Dussja überlegte die ganze Zeit, was sie der Ipatjewa sagen sollten, damit die sie nicht schlüge oder gar verjagte. Man hätte ihnen das Geld gestohlen? Oder abgenommen? Oder was sonst? »Verloren« schien ihr gänzlich unmöglich.

Olga schluchzte. Sie kamen an eine Kreuzung und blieben stehen, bevor sie die Straße überquerten – Dussja hatte vor Autos noch immer die Scheu des Landkindes. Ein Lastwagen kam angerast und beleuchtete mit seinen Scheinwerfern das holprige Straßenpflaster vor sich. Die Mädchen blieben stehen. Ohne abzubremsen, bog der Wagen um die Ecke; unter der Straßenlaterne blitzte bläulich weiß seine Last auf – ein hoch über die Seitenwände ragender Haufen Kohl. Direkt vor den Mädchen geriet der Laster kurz ins Schleudern und warf im Vorbeifahren zwei riesige Kohlköpfe ab. Ächzend schlugen sie auf. Der eine zersprang in zwei Teile, der andere rollte hüpfend genau vor Olgas Füße.

Die Mädchen sahen einander an – zwei staunende blaue Augen blickten in zwei andere, ebensolche. Sie nahmen den Sack vom Rücken und steckten den ganzen und den zerborstenen Kohlkopf hinein. Dussja konnte den Sack nicht mehr auf die Schulter heben – er war zu schwer. So fassten sie ihn an zwei Enden. Die findige Dussja legte ein Stück Pappe darunter, und gemeinsam zogen sie ihre Last.

Die Ipatjewa war nicht zu Hause. Sie saß bei ihrer Freundin Krotowa, weinte und wischte sich mit einem Batistfetzen die Tränen ab.

»Versteh doch, Schura, ich bin zweimal zum Laden gelaufen. Sie sind weg, verschwunden sind sie, meine kleinen Mädchen … Entführt von Zigeunern oder von sonst wem.«

»Sie werden sich schon wieder einfinden, wer

will sie schon haben? Überleg doch selbst!«, tröstete sie die Krotowa.

»Solche Mädchen! Das reine Gold, so lieb … Was sollen sie denn ohne mich anfangen? Und ich, was soll ich ohne sie anfangen?«, jammerte die Ipatjewa und knüllte den nassen Batistfetzen in der Hand.

Die Mädchen aber legten im Dunkeln den Kohl auf den Tisch, setzten sich, ohne sich auszuziehen, zusammen auf einen Stuhl und warteten.

LJUDMILA ULITZKAJA, 1943 bei Jekaterinburg geboren, wuchs in Moskau auf und ist eine der wichtigsten zeitgenössischen Schriftstellerinnen Russlands. Sie schreibt Drehbücher, Hörspiele, Theaterstücke und erzählende Prosa. In deutscher Sprache erscheinen ihre Bücher bei Hanser, die Taschenbuchausgaben ihrer Bücher im dtv. 2008 erhielt Ljudmila Ulitzkaja den Aleksandr-Men-Preis für die interkulturelle Vermittlung zwischen Russland und Deutschland, 2014 den Österreichischen Staatspreis für Europäische Literatur sowie 2020 den Siegfried-Lenz-Preis. »Ein glücklicher Zufall« ist ihr erstes Kinderbuch im dtv.

HILDEGARD MÜLLER studierte Kommunikationsdesign und Kunstpädagogik und lebt als Grafikdesignerin, Illustratorin und Autorin in der Nähe von Mainz. Bekannt ist sie durch ihre Bilderbücher, die in viele Sprachen übersetzt und vielfach ausgezeichnet wurden. Für die Reihe Hanser illustrierte sie u.a. die Lyrikbände »Träume, die auf Reisen führen« von Mascha Kaléko und »Oben schwimmt die Sonne davon« von Elisabeth Borchers. Mehr Informationen unter www.himue.de.

1. Auflage 2022
dtv Verlagsgesellschaft mbH & Co. KG,
München

Titel der Originalausgabe: Detstvo sorok devjat'
(Kindheit neunundvierzig)

Umschlag: Hildegard Müller
Gesetzt aus der Le Monde Livre
Satz: Gaby Michel, Hamburg
Druck und Bindung: Print Consult GmbH
Printed in Slovakia · ISBN 978-3-423-64100-5